First Published by Ink Gladiators Press®

Translations Of Hope

Editor-in-Chief: Reena Doss

First Edition

ISBN 13: 978-93-49117-92-1

Lighthouse Shores For You—Lantern 6

Credits:

Book Design by Leonie Belle Hawk

Greek & Polish Translations: Edited and Proofed by Justin Adam Wolf and Aelius Arche

Ink Gladiators Press®

Publishing and promoting warriors on life's battlefield

Founded in 2019 | Bangalore, India

www.inkgladiatorspress.com

To my beloved Weaver,

Thank you for the oceans' wild heart;
it makes me realize why humanity had to make ships,
mapping routes and lighthouses to cross her seas;
may we always respect nature knowing we cannot control
what we haven't created and that answers only you

To my future family,

The miles between us have been so long,
but every day as I swim in the ocean of faith,
I know the Weaver brings me closer to you;
may you always know how much I love you

To my dear Storytellers—

To celebrate the gift of your imagination in writing, art,
and creativity is something you will never regret;
may you restore laughter to the saddest places you remember

This book is a lantern of

Lighthouse Shores For You

Love Adores
Never-ending Tales:
Eagerly Ready, News Sails

These stories are based on facts that surround rare, old, and unknown lighthouses around the world. Originally written in English, they have been translated into Greek and Polish.

Lighthouse Shores

For You

Because Mental Health Matters

I stopped numbering my pages because my story is still being written.

Besides, I do like its symbol a lot—a sleeping 8.

I'll find you in the dark because I'm the girl

who loves to stay *lost* amongst the midnight stars

caught up with moonbeams *in a lantern*

trying to find my way back *home*

LANTERNS

The pleasure of watching light move across the night sky against its deep purples, blues and greys is an incredible sight to behold.

Though I have never seen it in person myself except on TV, reels or videos, I would imagine that it mimics the feeling of a thousand golden suns glimmering brighter than the stars behind them. I would imagine that it would capture the feeling of remembering that we are each important because no matter how small or big we are light travels faster than sound. I would imagine it would make anyone who sees them smile, open their hearts as hope flutters like birdsong near their door, and the taste of something indescribably good wraps them warmly.

Lanterns are necessary because igniting hope is the best cure in support of mental health awareness. Many live in darkness, in a state of feeling disillusioned by those they put their faith in and have forgotten how to see their own hearts through eyes that love, but a lantern is meant for just this purpose—to relight someone's candle with kindness, to hold a hand steadily in their shadows, and to listen gently to the broken pieces in others speaking. Sometimes, the truth is simple.

That delicate point between human nature and the desire to do what is good is where we will meet the Author of Love. Love can only be known from the One who created us and even when people (who follow God) make us feel like He isn't real or there for us, one of the best ways to reconnect with Him directly is to love with all your heart—and to balance it with healthy discernment, boundaries and truth in situations where your broken parts might want to do, feel or say the exact opposite. *E.g.: Jesus Christ*

It is my joy to let go of this lantern—as all lanterns must be—for others to find because I want to share something beautiful that I gained and that is mine to offer: You are deeply loved by Heavenly Hands that have constructed, created and command time, space, and distance.

∞

A Lion's Mermaid

A mermaid once fell in love with a lion. The lion was in disguise—not by choice, but because a jealous wizard had cursed him when he was a young prince. The wizard had told his parents that only something impossible could break the spell. The mermaid's love for the young lion was so deep that he began to show signs of returning to his human form, though it was not always visible on the surface. Some days he spoke like a man; some days he roared like a lion. She, too, knew she had been cursed, though she had no memory of her beginnings or any life before discovering herself as a creature of the sea.

One day, a storm shattered the calm waters by the beach, and a lightning bolt struck the mermaid's heart as she swam toward the lion. Stunned and unable to protect herself, she sank into the ocean, unconscious. Terrified, the lion found his courage and leapt into the reckless waves to save her. He caught her just in time, dragged her back to shore, wrapped her in warm clothes, and tended to her wounds.

When she awoke, she realized that his fearlessness had saved them in more ways than one. She was no longer a mermaid, and he was no longer a lion. They had returned to their true forms.

Overjoyed, they went to the lion's home, married, and lived a long, contented life together.

Lighthouse: Galle Buck Lighthouse, Colombo, Sri Lanka.

Random Fact: The first king of the Sinhalese people was a descendant of a lion or man who was known as a lion.

Η γοργόνα του λιονταριού

Μια γοργόνα ερωτεύτηκε κάποτε ένα λιοντάρι. Το λιοντάρι ήταν μεταμφιεσμένο, όχι από επιλογή, αλλά επειδή ένας ζηλιάρης μάγος τον είχε καταραστεί όταν ήταν νεαρός πρίγκιπας. Ο μάγος είχε πει στους γονείς του ότι μόνο κάτι αδύνατο θα μπορούσε να σπάσει το ξόρκι. Η αγάπη της γοργόνας για το νεαρό λιοντάρι ήταν τόσο βαθιά που άρχισε να δείχνει σημάδια επιστροφής στην ανθρώπινη μορφή του, αν και αυτό δεν ήταν πάντα ορατό στην επιφάνεια. Μερικές μέρες μιλούσε σαν άνθρωπος, άλλες μέρες βρυχόταν σαν λιοντάρι. Και εκείνη ήξερε ότι είχε καταραστεί, αν και δεν είχε καμία ανάμνηση από την αρχή της ζωής της ή από οποιαδήποτε ζωή πριν ανακαλύψει ότι ήταν ένα πλάσμα της θάλασσας.

Μια μέρα, μια καταιγίδα έσπασε τα ήρεμα νερά της παραλίας και ένας κεραυνός χτύπησε την καρδιά της γοργόνας καθώς κολυμπούσε προς το λιοντάρι. Σοκαρισμένη και ανίκανη να προστατευθεί, βυθίστηκε στον ωκεανό, αναίσθητη. Τρομοκρατημένος, το λιοντάρι βρήκε το θάρρος του και πήδηξε στα άγρια κύματα για να τη σώσει. Την έπιασε την τελευταία στιγμή, την έσυρε πίσω στην ακτή, την τύλιξε με ζεστά ρούχα και περιποιήθηκε τα τραύματά της.

Όταν ξύπνησε, συνειδητοποίησε ότι η ατρόμητη συμπεριφορά του τους είχε σώσει με περισσότερους από έναν τρόπους. Δεν ήταν πλέον γοργόνα και δεν ήταν πλέον λιοντάρι. Είχαν επιστρέψει στην πραγματική τους μορφή.

Περιχαρείς, πήγαν στο σπίτι του λιονταριού, παντρεύτηκαν και έζησαν μια μακρά, ευτυχισμένη ζωή μαζί.

∞

Syrena lwa

Pewna syrena zakochała się kiedyś w lwie. Lew był przebrany – nie z własnego wyboru, ale dlatego, że zazdrosny czarodziej rzucił na niego klątwę, gdy był jeszcze młodym księciem. Czarodziej powiedział jego rodzicom, że tylko coś niemożliwego może złamać zaklęcie. Miłość syreny do młodego lwa była tak głęboka, że zaczął on wykazywać oznaki powrotu do ludzkiej postaci, choć nie zawsze było to widoczne na powierzchni. Czasami mówił jak człowiek, a czasami ryczał jak lew. Ona również wiedziała, że została przeklęta, choć nie pamiętała swoich początków ani życia przed odkryciem, że jest stworzeniem morskim.

Pewnego dnia burza rozbiła spokojne wody przy plaży, a piorun uderzył w serce syreny, gdy płynęła w kierunku lwa. Oszołomiona i niezdolna do ochrony siebie, zatonęła w oceanie, tracąc przytomność. Przerażony lew znalazł w sobie odwagę i wskoczył w niebezpieczne fale, aby ją uratować. Złapał ją w ostatniej chwili, wyciągnął na brzeg, otulił ciepłymi ubraniami i opatrzył jej rany.

Kiedy się obudziła, zdała sobie sprawę, że jego nieustraszoność uratowała ich na wiele sposobów. Nie była już syreną, a on nie był już lwem. Powrócili do swoich prawdziwych postaci.

The Keeper

A man grew old in the land where he had been born. He had studied, worked, married, raised a family, watched his children grow, and held his grandchildren. And though he had expected to go before them, war had decided the time—it took their faces, their lives, their memories from him.

All he had left was his heartbeat, a will to be a safe place, and a desire to serve others. But he also wanted solitude. He craved it. One day, he found a job in the ad section of a newspaper. Packing for the adventure ahead, he closed the chapters of his life in that land, took to the waters, and accepted his new position with peace.

He spent the rest of his days as a lighthouse keeper.

Lighthouse: Stannard Rock Lighthouse, on a hazardous reef or isolated rock crib, right in the middle of Lake Superior in the United States.

Random Fact: The lighthouse keepers gave the lighthouse the nickname of “The Loneliest Place in the World” due to its remote location.

Ο Φύλακας

Ένας άντρας γέρασε στη γη όπου γεννήθηκε. Σπούδασε, δούλεψε, παντρεύτηκε, έφτιαξε οικογένεια, είδε τα παιδιά του να μεγαλώνουν και κράτησε τα εγγόνια του στην αγκαλιά του. Και παρόλο που περίμενε να φύγει πριν από αυτά, ο πόλεμος αποφάσισε πότε θα έρθει η ώρα – του πήρε τα πρόσωπά τους, τις ζωές τους, τις αναμνήσεις του.

Το μόνο που του είχε απομείνει ήταν ο χτύπος της καρδιάς του, η θέληση να είναι ένα ασφαλές καταφύγιο και η επιθυμία να υπηρετεί τους άλλους. Αλλά ήθελε και μοναξιά. Την λαχταρούσε. Μια μέρα, βρήκε μια δουλειά στην ενότητα των αγγελιών μιας εφημερίδας. Ετοιμάζοντας τα πράγματά του για την περιπέτεια που τον περίμενε, έκλεισε τα κεφάλαια της ζωής του σε εκείνη τη γη, έφυγε για τα νερά και δέχτηκε τη νέα του θέση με γαλήνη.

Πέρασε το υπόλοιπο της ζωής του ως φρουρός φάρου.

Strażnik

Pewien mężczyzna zestarzał się w kraju, w którym się urodził. Studiował, pracował, ożenił się, założył rodzinę, obserwował, jak dorastają jego dzieci, i trzymał na rękach wnuki. Chociaż spodziewał się, że odejdzie przed nimi, to wojna zadecydowała o tym, kiedy to nastąpi – odebrała mu ich twarze, życie i wspomnienia.

Jedyne, co mu pozostało, to bicie serca, chęć bycia bezpiecznym miejscem i pragnienie służenia innym. Ale pragnął też samotności. Bardzo jej pragnął. Pewnego dnia znalazł pracę w sekcji ogłoszeń w gazecie. Pakując się na nadchodzącą przygodę, zamknął rozdziały swojego życia w tej krainie, wyruszył na wody i z pogodą ducha przyjął nowe stanowisko.

Resztę swoich dni spędził jako latarnik.

Her Sea Companion

A nobleman of a large clan fell in love with the daughter of a leader from an opposing clan. At first, the young lady was not impressed. But as time passed, she would smile when she found a tucked note of poetry in her basket of collected fallen apples, and at other times, a holurt (sea companion) flower on a garden chair where she would sit to write or read.

When the proposal came, the leader of her clan and his wife refused to give their daughter in marriage to the nobleman, planning instead her wedding to an ally from another clan. Angered at her parents' cold, calculated stubbornness, she was trying to accept her fate when the poetic nobleman she had reluctantly fallen in love with met her boldly on her walk. The maids with her screamed and ran toward the lady's home. He gave her his hand and told her that if she took it, he would take her to a place no one could find her—and if she did not, she had better catch up to her maids. Surprised by his daring, the lady laughed and accepted his proposal directly.

The nobleman married her and moved his clan to the wild cliffs by the ocean. They guarded her like treasure and became lighthouse keepers for ships lost at sea. Her home clan, of course, spread the false rumour that she had been kidnapped, because her parents didn't know how to tell their ally that their daughter had chosen love over family tradition.

Lighthouse: Thridrangar Lighthouse, Southern Iceland in the North Atlantic Ocean

Random Fact: A team of experienced mountaineers had to scale the treacherous cliffs of Stóridrangur by forming a human chain with ropes and chains to build the lighthouse because helicopters were not available in 1939.

Ο θαλάσσιος σύντροφός της

Ένας ευγενής από μια μεγάλη φυλή ερωτεύτηκε την κόρη ενός ηγέτη από μια αντίπαλη φυλή. Στην αρχή, η νεαρή κοπέλα δεν εντυπωσιάστηκε. Αλλά με την πάροδο του χρόνου, άρχισε να χαμογελάει όταν έβρισκε ένα κρυμμένο ποίημα στο καλάθι της με τα πεσμένα μήλα και, άλλες φορές, ένα λουλούδι holurt (θαλάσσιος σύντροφος) σε μια καρέκλα του κήπου όπου καθόταν για να γράφει ή να διαβάζει.

Όταν ήρθε η πρόταση γάμου, ο αρχηγός της φατρίας της και η σύζυγός του αρνήθηκαν να δώσουν την κόρη τους σε γάμο στον ευγενή, σχεδιάζοντας αντίθετα τον γάμο της με έναν σύμμαχο από άλλη φατρία. Θυμωμένη με την ψυχρή, υπολογισμένη πεισματάρα των γονιών της, προσπαθούσε να αποδεχτεί τη μοίρα της, όταν ο ποιητικός ευγενής, τον οποίο είχε ερωτευτεί απρόθυμα, την συνάντησε με θάρρος κατά τη βόλτα της. Οι υπηρέτριες που την συνόδευαν φώναξαν και έτρεξαν προς το σπίτι της κυρίας. Εκείνος της έδωσε το χέρι του και της είπε ότι αν το έπαιρνε, θα την πήγαινε σε ένα μέρος όπου κανείς δεν θα μπορούσε να την βρει — και αν δεν το έπαιρνε, καλύτερα να πρόφτανε τις υπηρέτριές της. Εκπληκτική από την τόλμη του, η κυρία γέλασε και δέχτηκε αμέσως την πρότασή του.

Ο ευγενής την παντρεύτηκε και μετακόμισε με την οικογένειά του στα άγρια βράχια δίπλα στη θάλασσα. Την προστάτευαν σαν θησαυρό και έγιναν φάρμακοι για τα πλοία που είχαν χαθεί στη θάλασσα. Η οικογένειά της, φυσικά, διέδωσε την ψευδή φήμη ότι είχε απαχθεί, επειδή οι γονείς της δεν ήξεραν πώς να πουν στον σύμμαχό τους ότι η κόρη τους είχε επιλέξει τον έρωτα αντί για την οικογενειακή παράδοση.

Jej morski towarzysz

Szlachcic z dużego klanu zakochał się w córce przywódcy z przeciwnego klanu. Początkowo młoda dama nie była pod wrażeniem. Jednak z biegiem czasu zaczęła się uśmiechać, gdy znajdowała w koszyku z zebranymi jabłkami schowaną kartkę z wierszem, a innym razem kwiat holurt (morski towarzysz) na ogrodowym krześle, na którym siadała, aby pisać lub czytać.

Kiedy pojawiła się propozycja małżeństwa, przywódca jej klanu i jego żona odmówili wydania córki za mąż za szlachcica, planując zamiast tego jej ślub z sojusznikiem z innego klanu. Rozgniewana zimną, wyrachowaną upartością rodziców, próbowała pogodzić się ze swoim losem, kiedy poetycki szlachcic, w którym niechętnie się zakochała, odważnie spotkał ją podczas spaceru. Służki, które jej towarzyszyły, krzyknęły i pobiegły w kierunku domu pani. On podał jej rękę i powiedział, że jeśli ją przyjmie, zabierze ją do miejsca, gdzie nikt nie będzie mógł jej znaleźć, a jeśli tego nie zrobi, lepiej niech dogoni swoje służki. Zaskoczona jego śmiałością, pani roześmiała się i od razu przyjęła jego oświadczyny.

Szlachcic poślubił ją i przeniósł swój klan na dzikie klify nad oceanem. Strzegli jej jak skarbu i zostali latarnikami dla statków zagubionych na morzu. Jej rodzimy klan oczywiście rozpowszechnił fałszywą plotkę, że została porwana, ponieważ jej rodzice nie wiedzieli, jak powiedzieć sojusznikowi, że ich córka wybrała miłość zamiast rodzinnej tradycji.

A Rock's Lesson

The King was furious with his court. He had asked them a simple question: "Was the sun a god, or a creation of God?" All they did was look at each other and stare at their feet. Some mumbled, some grumbled. Few admitted they didn't know—or that they hadn't really thought about it.

When the King pressed them for an answer, and they still refused to speak clearly, he ordered that they be placed on a rock in the middle of the ocean, where the highest waves would crash. They were allowed only a small ration, basic tools, and a few personal items they might need. The courtiers protested this harsh treatment, but the King was adamant. He refused to answer when they asked when they would be allowed back into his favour.

A boat took the men to the rock, while he himself remained aboard his ship, anchored in safer waters, watching them daily through his telescope.

After a week of misery on the rock, the men had nearly given up. On the eighth day, one man began to pray every time the sun came out. He started to sing as he used an axe to dig into the rock's surface. Seeing his determination, the others asked what he intended to do. When he didn't answer, but just kept singing, they shrugged—and a few followed his example.

After another week of digging, the rest joined in. The man no longer waited for the sun to pray; he was seen praying when the moon arrived, when the sun hid, and even when the rains came. Soon, all shared in the communion of creating something together—praying, singing, and digging—until they had carved enough space to live inside, protected from the harsh elements.

With their few tools, they next constructed a waterproof door—heavy and awkward, but strong enough to protect their home from flooding. The King was stunned yet impressed by what he had witnessed. He immediately ordered that they be rescued, rested, and returned to court within a week.

With the courtiers reinstated in his court, the King asked his question again, but this time he directs it to the nobleman who had begun to pray, dig and sing.

The man answered confidently, "The sun is a creation of God."

"How can you be certain?" asked the King.

"Because in the first week, I prayed to it, and it just burned us," he replied. "The salt from the waves made our blisters worse, and its brightness tormented us. But when I prayed to God, the sun became inspiration. I received ideas of what I could do instead of staring at your ship, waiting for leniency. I found myself singing. I didn't know if digging would work—I just trusted in God. Soon, my fellow courtiers joined in. At first, they were sceptical, but as we built shelter, they too began praying to God, and together we had more ideas. Some used the moon for inspiration, others the stars. We discovered that we were not just surviving—we were starting to truly live again. We made a door, learned to catch birds and fish, and cook them. So yes, the sun is also a creation of God, just like we are."

The King looked at his other courtiers. "Is this your answer as well?" he asked. They nodded.

Pleased, the King asked them to teach him, the court, and the people what they had learned.

Lighthouse: Bishop Rock Lighthouse, close to Isles of Scilly, England on a rock in the open Atlantic Ocean.

Random Fact: In the Middle Ages, before the lighthouse was built, one myth holds that criminals were sometimes rowed out to Bishop Rock and abandoned with only a small amount of bread and water to die in the waves.

Το μάθημα ενός βράχου

Ο βασιλιάς ήταν έξαλλος με την αυλή του. Τους είχε κάνει μια απλή ερώτηση: «Ο ήλιος είναι θεός ή δημιούργημα του Θεού;» Το μόνο που έκαναν ήταν να κοιτάξουν ο ένας τον άλλον και να χαζέψουν τα πόδια τους. Κάποιοι μουρμούριζαν, άλλοι γκρίνιαζαν. Λίγοι παραδέχτηκαν ότι δεν ήξεραν ή ότι δεν είχαν σκεφτεί ποτέ το θέμα.

Όταν ο βασιλιάς τους πίεσε να απαντήσουν και αυτοί εξακολουθούσαν να αρνούνται να μιλήσουν ξεκάθαρα, διέταξε να τους βάλουν σε ένα βράχο στη μέση του ωκεανού, όπου έσπαζαν τα ψηλότερα κύματα. Τους επιτράπηκε μόνο μια μικρή μερίδα τροφής, βασικά εργαλεία και μερικά προσωπικά αντικείμενα που μπορεί να χρειάζονταν. Οι αυλικοί διαμαρτυρήθηκαν για αυτή τη σκληρή μεταχείριση, αλλά ο βασιλιάς ήταν ανένδοτος. Αρνήθηκε να απαντήσει όταν τον ρώτησαν πότε θα τους επέτρεπε να επιστρέψουν στην εύνοιά του. Ένα πλοίο μετέφερε τους άνδρες στο βράχο, ενώ ο ίδιος παρέμεινε στο πλοίο του, αγκυροβολημένο σε ασφαλέστερα νερά, παρακολουθώντας τους καθημερινά με το τηλεσκόπιο του.

Μετά από μια εβδομάδα δυστυχίας στο βράχο, οι άνδρες είχαν σχεδόν παραιτηθεί. Την όγδοη μέρα, ένας άνδρας άρχισε να προσεύχεται κάθε φορά που έβγαινε ο ήλιος.

∞

Άρχισε να τραγουδάει καθώς έσκαβε την επιφάνεια του βράχου με ένα τσεκούρι. Βλέποντας την αποφασιστικότητά του, οι άλλοι τον ρώτησαν τι σκόπευε να κάνει. Όταν δεν απάντησε, αλλά συνέχισε να τραγουδάει, αδιαφορήσαν — και μερικοί ακολούθησαν το παράδειγμά του.

Μετά από άλλη μια εβδομάδα σκαψίματος, οι υπόλοιποι εντάχθηκαν.

Ο άντρας δεν περίμενε πλέον τον ήλιο για να προσευχηθεί. Τον έβλεπαν να προσεύχεται όταν έβγαινε το φεγγάρι, όταν έκρυβε ο ήλιος, ακόμα και όταν έβρεχε. Σύντομα, όλοι μοιράστηκαν την κοινωνία της δημιουργίας κάτι μαζί – προσευχή,

τραγούδι και σκάψιμο – μέχρι που έσκαψαν αρκετό χώρο για να ζήσουν μέσα, προστατευμένοι από τα σκληρά στοιχεία της φύσης.

Με τα λίγα εργαλεία που είχαν, κατασκεύασαν στη συνέχεια μια αδιάβροχη πόρτα – βαριά και άβολη, αλλά αρκετά ισχυρή για να προστατεύσει το σπίτι τους από τις πλημμύρες. Ο βασιλιάς ήταν έκπληκτος, αλλά εντυπωσιασμένος από αυτό που είχε δει. Διέταξε αμέσως να τους σώσουν, να ξεκουραστούν και να επιστρέψουν στην αυλή μέσα σε μια εβδομάδα.

Με τους αυλικούς να έχουν επανέλθει στην αυλή του, ο βασιλιάς έθεσε ξανά την ερώτησή του, αλλά αυτή τη φορά την απεύθυνε στον ευγενή που είχε αρχίσει να προσεύχεται, να σκάβει και να τραγουδάει.

Ο άνδρας απάντησε με σιγουριά: «Ο ήλιος είναι δημιούργημα του Θεού».

«Πώς μπορείς να είσαι σίγουρος;» ρώτησε ο βασιλιάς.

«Επειδή την πρώτη εβδομάδα προσευχήθηκα σε αυτόν και μας έκαψε», απάντησε. «Το αλάτι από τα κύματα επιδείνωσε τις φουσκάλες μας και η λάμψη του μας βασάνιζε. Αλλά όταν προσευχήθηκα στον Θεό, ο ήλιος έγινε πηγή έμπνευσης. Μου ήρθαν ιδέες για το τι μπορούσα να κάνω αντί να κοιτάζω το πλοίο σας, περιμένοντας επιείκεια. Βρέθηκα να τραγουδάω. Δεν ήξερα αν το σκάψιμο θα είχε αποτέλεσμα — απλά εμπιστεύτηκα τον Θεό. Σύντομα, οι συνάδελφοί μου στην αυλή μου ένωσαν τις φωνές τους. Στην αρχή ήταν σκεπτικοί, αλλά καθώς χτίζαμε καταφύγιο, άρχισαν και αυτοί να προσεύχονται στον Θεό και μαζί είχαμε περισσότερες ιδέες. Κάποιοι χρησιμοποιούσαν το φεγγάρι για έμπνευση, άλλοι τα αστέρια. Ανακαλύψαμε ότι δεν επιβιώναμε απλώς — αρχίζαμε να ζούμε ξανά πραγματικά. Φτιάξαμε μια πόρτα, μάθαμε να πιάνουμε πουλιά και ψάρια και να τα μαγειρεύουμε. Οπότε ναι, ο ήλιος είναι επίσης δημιούργημα του Θεού, όπως και εμείς».

Ο βασιλιάς κοίταξε τους άλλους αυλικούς του. «Αυτή είναι και η δική σας απάντηση;» ρώτησε. Αυτοί κούνησαν το κεφάλι.

Ευχαριστημένος, ο βασιλιάς τους ζήτησε να διδάξουν σε αυτόν, στην αυλή και στον λαό ό,τι είχαν μάθει.

Lekcja od skały

Król był wściekły na swoich dworzan. Zadał im proste pytanie: „Czy słońce jest bogiem, czy dziełem Boga?". Oni tylko patrzyli na siebie i wpatrywali się w swoje stopy. Niektórzy mamrotali, inni narzekali. Niewielu przyznało, że nie wiedzą—lub że tak naprawdę nie zastanawiali się nad tym. Kiedy król naciskał na nich, aby udzielili odpowiedzi, a oni nadal odmawiali jasnego wypowiedzenia się, nakazał umieścić ich na skale pośrodku oceanu, gdzie rozbijały się najwyższe fale.

Pozwolono im zabrać tylko niewielką rację żywnościową, podstawowe narzędzia i kilka niezbędnych przedmiotów osobistych. Dworzanie protestowali przeciwko tak surowemu traktowaniu, ale król pozostał nieugięty. Odmówił odpowiedzi, gdy zapytali, kiedy będą mogli ponownie cieszyć się jego łaskami.

Łódź zabrała mężczyzn na skałę, a on sam pozostał na pokładzie swojego statku, zakotwiczonego w bezpieczniejszych wodach, obserwując ich codziennie przez lunetę.

Po tygodniu cierpień na skale mężczyźni prawie się poddali. Ósmego dnia jeden z nich zaczął modlić się za każdym razem, gdy wychodziło słońce. Zaczął śpiewać, kopiąc powierzchnię skały siekierą. Widząc jego determinację, inni zapytali, co zamierza zrobić. Kiedy nie odpowiedział, tylko dalej śpiewał, wzruszyli ramionami—a kilku poszło za jego przykładem.

Po kolejnym tygodniu kopania reszta dołączyła do nich. Mężczyzna nie czekał już na słońce, żeby się modlić; modlił się, kiedy pojawiał się księżyc, kiedy słońce chowało się za chmurami, a nawet kiedy padał deszcz.

Wkrótce wszyscy uczestniczyli we wspólnym tworzeniu czegoś razem—modląc się, śpiewając i kopiąc—aż wykuli wystarczająco dużo miejsca, aby móc w nim mieszkać, chronieni przed surowymi warunkami atmosferycznymi.

Za pomocą nielicznych narzędzi zbudowali następnie wodoodporne drzwi—ciężkie i nieporęczne, ale wystarczająco mocne, aby chronić ich dom przed zalaniem. Król był oszołomiony, ale pod wrażeniem tego, co zobaczył. Natychmiast nakazał ich ratunek, odpoczynek i powrót na dwór w ciągu tygodnia.

Po przywróceniu dworzan do swojego dworu król ponownie zadał pytanie, ale tym razem skierował je do szlachcica, który zaczął modlić się, kopać i śpiewać.

Mężczyzna odpowiedział z przekonaniem: „Słońce jest dziełem Boga".

„Skąd ta pewność?"—zapytał król.

„Ponieważ w pierwszym tygodniu modliłem się do niego, a ono po prostu nas spaliło"—odpowiedział. „Sól z fal pogorszyła nasze pęcherze, a jego jasność dręczyła nas. Ale kiedy modliłem się do Boga, słońce stało się inspiracją.

Otrzymałem pomysły, co mogę zrobić, zamiast wpatrywać się w twój statek i czekać na łaskę. Zacząłem śpiewać. Nie wiedziałem, czy kopanie zadziała—po prostu zaufałem Bogu. Wkrótce dołączyli do mnie moi towarzysze z dworu. Początkowo byli sceptyczni, ale kiedy zbudowaliśmy schronienie, oni również zaczęli modlić się do Boga i razem mieliśmy więcej pomysłów. Niektórzy czerpali inspirację z księżyca, inni z gwiazd. Odkryliśmy, że nie tylko przetrwaliśmy—zaczęliśmy naprawdę żyć na nowo. Zrobiliśmy drzwi, nauczyliśmy się łapać ptaki i ryby oraz je gotować. Tak, słońce jest również dziełem Boga, tak jak my".

Król spojrzał na pozostałych dworzan. „Czy to również jest wasza odpowiedź?"—zapytał. Skinęli głowami.

Zadowolony król poprosił ich, aby nauczyli jego, dwór i lud to, czego się nauczyli.

Thirteen Roses

A wealthy nobleman and his wife were childless for many years. Saddened by their inability to conceive, they opened their home to children who were lost, abandoned, or neglected. Eventually, they were allowed to adopt six of them. This comforted them greatly and brought them immense joy.

One day, the nobleman came home to the shocking news that his wife was pregnant. Stunned but overjoyed, they and their adopted children eagerly awaited the day of her delivery. As her belly grew, worry crept in, and they sought a doctor. When the doctor was unavailable, a midwife was requested to check on her. By the time the midwife arrived, she had gone into labour.

When the nobleman was allowed into the room, he was surprised to find that his wife had been carrying septuplets—four boys and three girls. Speechless and overwhelmed with happiness, he sank to the floor and wept, marvelling at the gifts before him.

To thank God for all the children they had received, the nobleman and his wife bought an abandoned island with a lighthouse and planted thirteen different roses in a garden, which they tended with the same love they gave their children. When they passed away, their children buried them beneath the roses.

Lighthouse: Tourlitis Lighthouse on a rock islet off the coast of Chora in Andros, Greece

Random Fact: The current lighthouse is a replica of the original, which was destroyed during World War II. It was rebuilt in the 1990s by Alexandros Goulandris and his wife, who dedicated the structure to the memory of their deceased daughter, Violanda.

Δεκατρείς τριαντάφυλλα

Ένας πλούσιος ευγενής και η σύζυγός του δεν είχαν παιδιά για πολλά χρόνια. Λυπημένοι από την αδυναμία τους να συλλάβουν, άνοιξαν το σπίτι τους σε παιδιά που είχαν χαθεί, εγκαταλειφθεί ή παραμεληθεί. Τελικά, τους επιτράπηκε να υιοθετήσουν έξι από αυτά. Αυτό τους παρηγόρησε πολύ και τους έφερε τεράστια χαρά.

Μια μέρα, ο ευγενής επέστρεψε στο σπίτι και έμαθε τη συγκλονιστική είδηση ότι η σύζυγός του ήταν έγκυος. Σοκαρισμένοι αλλά και πανευτυχείς, αυτοί και τα υιοθετημένα τους παιδιά περίμεναν με ανυπομονησία την ημέρα του τοκετού. Καθώς η κοιλιά της μεγάλωνε, η ανησυχία τους αυξήθηκε και ζήτησαν να τους στείλουν γιατρό. Όταν ο γιατρός δεν ήταν διαθέσιμος, ζήτησαν μια μαία να την εξετάσει. Όταν η μαία έφτασε, η γυναίκα είχε ήδη αρχίσει τον τοκετό.

Όταν ο ευγενής μπήκε στο δωμάτιο, έμεινε έκπληκτος όταν είδε ότι η γυναίκα του είχε γεννήσει επτά παιδιά — τέσσερα αγόρια και τρία κορίτσια. Άφωνος και συγκλονισμένος από ευτυχία, έπεσε στο πάτωμα και έκλαψε, θαυμάζοντας τα δώρα που είχε μπροστά του.

Για να ευχαριστήσουν τον Θεό για όλα τα παιδιά που είχαν λάβει, ο ευγενής και η σύζυγός του αγόρασαν ένα εγκαταλελειμμένο νησί με φάρο και φύτεψαν δεκατρία διαφορετικά τριαντάφυλλα σε έναν κήπο, τον οποίο φρόντιζαν με την ίδια αγάπη που έδιναν στα παιδιά τους. Όταν πέθαναν, τα παιδιά τους τους έθαψαν κάτω από τα τριαντάφυλλα.

∞

Trzynaście róż

Bogaty szlachcic i jego żona przez wiele lat nie mieli dzieci. Smutni z powodu niemożności poczęcia potomstwa, otworzyli swój dom dla dzieci zagubionych, porzuconych lub zaniedbanych. W końcu pozwolono im adoptować sześcioro z nich. To bardzo ich pocieszyło i przyniosło ogromną radość.

Pewnego dnia szlachcic wrócił do domu i dowiedział się o szokującej wiadomości, że jego żona jest w ciąży. Zaskoczeni, ale przepełnieni radością, wraz z adoptowanymi dziećmi z niecierpliwością czekali na dzień porodu. W miarę jak jej brzuch rósł, zaczęli się martwić i poszukiwali lekarza. Ponieważ lekarz był niedostępny, poproszono położną, aby ją zbadała. Zanim położna przybyła, kobieta zaczęła rodzić.

Kiedy szlachcic został wpuszczony do pokoju, był zaskoczony, widząc, że jego żona urodziła siedmioraczki – czterech chłopców i trzy dziewczynki. Zaniemówił i ogarnięty szczęściem upadł na podłogę i płakał, podziwiając dary, które otrzymał.

Aby podziękować Bogu za wszystkie dzieci, które otrzymali, szlachcic i jego żona kupili opuszczoną wyspę z latarnią morską i posadzili w ogrodzie trzynaście różnych róż, które pielęgnowali z taką samą miłością, jaką otaczali swoje dzieci. Kiedy zmarli, ich dzieci pochowały ich pod różami.

Scarred Maid

Dark tales surrounded a kingdom of immense beauty. It was said to be inhabited by the most beautiful women ever to exist. Stories told of great men and women who perished just before reaching its shores.

Some believed the kingdom and its people were nothing more than mirages—illusions set up by magicians to lure ships and steal their treasures. Those who survived spoke of horrors: monstrous men who kept these women captive.

A young peasant girl, however, did not believe such tales. She was a serving maid aboard a ship carrying a pompous and greedy King who sought to reach the kingdom and steal not one woman, but all of them. He planned to capture the monstrous men as showpieces and make the children his personal slaves. Each evening, the serving maid was mocked for her single eye and scarred face, then ordered to sing to the drunken crew. As they neared the island, she began to sing—not the usual songs of sea and sky, but a lament of the wicked King's plans and her deep sorrow.

The next day, to everyone's surprise, they sighted the fabled kingdom without any obstacles stopping them from seeing a route to it. Leaving the scarred maid and a few sailors to guard the ship, they ventured ashore. The land was rich in gems, culture, and grand architecture—but no one was there. Deciding the tales of beautiful women and monsters were mere myths, the King and his crew began to loot the city. When they grew tired and hungry, they ate to their fill and fell asleep.

Suddenly, gigantic tentacles rose from the deep and coiled around the ship. The scarred girl and the crew leapt into the water, but before they could reach the land, mermaids surrounded them.

Lighthouse Shores For You

Terrified, the men drew their knives and slashed wildly, only to be dragged into the depths. The scarred girl, however, closed her eyes and accepted whatever fate awaited her.

A mermaid carefully approached the girl and touched her face gently. "Beautiful," she said softly.

Surprised, the girl whispered, "I am scarred, not beautiful."

The mermaid smiled. "You are a Queen."

Confused, the girl asked, "How can I be a queen? I am only a peasant girl."

"You saved us from losing our kingdom by singing the truth," the mermaid replied. "Those who persecuted you aboard the ship have been transformed into sea monsters who will now serve and protect you. The water, air, and food of this kingdom hold reversed magic—they sense the heart's truth. Good men become warrior kings. Wounded women become beautiful queens."

The girl hesitated, then asked them. "Will I become a mermaid too?"

"No," said another mermaid. "We are the original. We protect our kingdom, punish the wicked, and bestow gifts upon the kind."

Lighthouse: The Lighthouse Of Alexandria or Pharos of Alexandria, Pharos, off the coast of Alexandria, Egypt was one of the seven wonders of the ancient world.

Random Fact: In the ancient world, the lighthouse effectively replaced earlier methods of navigation, which sometimes involved tales of sirens or sea monsters luring ships to their doom on the rocky coast.

Reena Doss

Η σημαδεμένη υπηρέτρια

Σκοτεινές ιστορίες περιβάλλουν ένα βασίλειο απίστευτης ομορφιάς. Λέγεται ότι κατοικείται από τις πιο όμορφες γυναίκες που έχουν υπάρξει ποτέ. Οι ιστορίες μιλούν για σπουδαίους άνδρες και γυναίκες που έχασαν τη ζωή τους λίγο πριν φτάσουν στις ακτές του.

Κάποιοι πίστευαν ότι το βασίλειο και οι κάτοικοί του δεν ήταν παρά οφθαλμαπάτες, ψευδαισθήσεις που δημιουργούσαν μάγοι για να προσελκύσουν πλοία και να κλέψουν τους θησαυρούς τους. Όσοι επέζησαν μιλούσαν για φρικιαστικές ιστορίες: τερατώδεις άνδρες που κρατούσαν αιχμάλωτες αυτές τις γυναίκες.

Μια νεαρή χωριατοπούλα, όμως, δεν πίστευε τέτοιες ιστορίες. Ήταν υπηρέτρια σε ένα πλοίο που μετέφερε έναν αλαζονικό και άπληστο βασιλιά που ήθελε να φτάσει στο βασίλειο και να κλέψει όχι μία γυναίκα, αλλά όλες. Σκόπευε να αιχμαλωτίσει τους τερατώδεις άνδρες ως εκθέματα και να κάνει τα παιδιά προσωπικούς του σκλάβους. Κάθε βράδυ, η υπηρέτρια γελούσαν για το ένα της μάτι και το σημαδεμένο πρόσωπό της, και μετά της έδιναν εντολή να τραγουδήσει στους μεθυσμένους ναύτες. Καθώς πλησίαζαν στο νησί, άρχισε να τραγουδάει — όχι τα συνηθισμένα τραγούδια για τη θάλασσα και τον ουρανό, αλλά ένα θρήνο για τα σχέδια του κακού βασιλιά και τη βαθιά της θλίψη.

Την επόμενη μέρα, προς έκπληξη όλων, εντόπισαν το θρυλικό βασίλειο χωρίς κανένα εμπόδιο να τους εμποδίζει να δουν τη διαδρομή προς αυτό. Αφήνοντας την σημαδεμένη υπηρέτρια και μερικούς ναύτες να φυλάξουν το πλοίο, αποβιβάστηκαν στην ξηρά. Η γη ήταν πλούσια σε πολύτιμους λίθους, πολιτισμό και μεγαλοπρεπή αρχιτεκτονική, αλλά δεν υπήρχε κανείς εκεί. Αποφασίζοντας ότι οι ιστορίες για όμορφες γυναίκες και τέρατα ήταν απλώς μύθοι, ο βασιλιάς και το πλήρωμά του άρχισαν να λεηλατούν την πόλη. Όταν κουράστηκαν και πείνασαν, έφαγαν μέχρι να χορτάσουν και αποκοιμήθηκαν.

Ξαφνικά, γιγάντια πλοκάμια αναδύθηκαν από τα βάθη και τύλιξαν το πλοίο. Η κοπέλα με το σημάδι και το πλήρωμα πήδηξαν στο νερό, αλλά πριν προλάβουν να φτάσουν στην ξηρά, τους περικύκλωσαν γοργόνες.

Τρομοκρατημένοι, οι άντρες έβγαλαν τα μαχαίρια τους και άρχισαν να χτυπούν άγρια, αλλά τελικά τους έσυραν στα βάθη. Η κοπέλα με το σημάδι, όμως, έκλεισε τα μάτια της και αποδέχτηκε ό,τι της επιφύλασσε το πεπρωμένο.

Μια γοργόνα πλησίασε προσεκτικά το κορίτσι και άγγιξε απαλά το πρόσωπό της. «Όμορφη», είπε απαλά.

Εκπληκτική, το κορίτσι ψιθύρισε: «Είμαι σημαδεμένη, όχι όμορφη».

Η γοργόνα χαμογέλασε. «Είσαι βασίλισσα».

Μπερδεμένη, το κορίτσι ρώτησε: «Πώς μπορώ να είμαι βασίλισσα; Είμαι μόνο ένα χωριατόπαιδο».

«Μας έσωσες από την απώλεια του βασιλείου μας τραγουδώντας την αλήθεια», απάντησε η γοργόνα. «Όσοι σε καταδίωξαν στο πλοίο έχουν μεταμορφωθεί σε θαλάσσια τέρατα που τώρα θα σε υπηρετούν και θα σε προστατεύουν. Το νερό, ο αέρας και η τροφή αυτού του βασιλείου έχουν αντίστροφη μαγεία — αισθάνονται την αλήθεια της καρδιάς. Οι καλοί άντρες γίνονται πολεμιστές βασιλιάδες. Οι πληγωμένες γυναίκες γίνονται όμορφες βασίλισσες».

Το κορίτσι δίστασε και μετά τους ρώτησε: «Θα γίνω και εγώ γοργόνα;»

«Όχι», απάντησε μια άλλη γοργόνα. «Εμείς είμαστε οι αυθεντικές. Προστατεύουμε το βασίλειό μας, τιμωρούμε τους κακούς και δίνουμε δώρα στους καλούς».

Zraniona służąca

Mroczne opowieści otaczały królestwo o niesamowitej urodzie. Mówiono, że mieszkają w nim najpiękniejsze kobiety, jakie kiedykolwiek istniały. Opowiadano historie o wielkich mężczyznach i kobietach, którzy zginęli tuż przed dotarciem do jego brzegów.

Niektórzy wierzyli, że królestwo i jego mieszkańcy to tylko miraż – iluzja stworzona przez magów, aby zwabić statki i ukraść ich skarby. Ci, którzy przeżyli, opowiadali o okropnościach: potwornych mężczyznach, którzy trzymali te kobiety w niewoli.

Jednak młoda wieśniaczka nie wierzyła w te opowieści. Była służącą na statku, którym podróżował pompatyczny i chciwy król, który zamierzał dotrzeć do królestwa i porwać nie jedną kobietę, ale wszystkie. Planował schwytać potwornych mężczyzn jako trofea i uczynić dzieci swoimi osobistymi niewolnikami.

Każdego wieczoru służąca była wyśmiewana za swoje jedno oko i zbliznowaną twarz, a następnie zmuszana do śpiewania pijanej załodze. Gdy zbliżali się do wyspy, zaczęła śpiewać – nie zwykłe pieśni o morzu i niebie, ale lament nad planami nikczemnego króla i swoją głęboką smutkiem.

Następnego dnia, ku zaskoczeniu wszystkich, ujrzeli legendarne królestwo, a nic nie przeszkadzało im w dotarciu do niego. Pozostawiając pokrytą bliznami służącą i kilku marynarzy na straży statku, wyruszyli na brzeg. Kraina była bogata w klejnoty, kulturę i wspaniałą architekturę – ale nie było tam nikogo. Uznając, że opowieści o pięknych kobietach i potworach są jedynie mitami, król i jego załoga zaczęli plądrować miasto. Kiedy zmęczyli się i zgłodnieli, najedli się do syta i zasnęli.

Nagle z głębin wynurzyły się gigantyczne macki i owinęły się wokół statku. Dziewczyna z blizną i załoga wskoczyli do wody, ale zanim dotarli do brzegu, otoczyły ich syreny.

Przerażeni mężczyźni wyciągnęli noże i zaczęli dziko ciąć, ale zostali wciągnięci w głębiny. Dziewczyna z blizną zamknęła jednak oczy i pogodziła się z losem, jaki ją czekał.

Syrenka ostrożnie podeszła do dziewczyny i delikatnie dotknęła jej twarzy. „Piękna" – powiedziała cicho.

Zaskoczona dziewczyna szepnęła: „Jestem pokryta bliznami, nie jestem piękna".

Syrenka uśmiechnęła się. „Jesteś królową".

Zdezorientowana dziewczyna zapytała: „Jak mogę być królową? Jestem tylko wiejską dziewczyną".

„Uratowałaś nas przed utratą królestwa, śpiewając prawdę" – odpowiedziała syrena. „Ci, którzy prześladowali cię na statku, zostali przemienieni w morskie potwory, które będą ci teraz służyć i chronić cię. Woda, powietrze i pożywienie tego królestwa mają odwrotną magię – wyczuwają prawdę serca. Dobrzy mężczyźni stają się wojowniczymi królami. Ranne kobiety stają się pięknymi królowymi".

Dziewczyna zawahała się, a potem zapytała: „Czy ja też stanę się syreną?".

„Nie" – odpowiedziała inna syrena. „My jesteśmy oryginałami. Chronimy nasze królestwo, karzemy niegodziwych i obdarowujemy dobrych".

Wild Warrior

A princess was betrothed to a prince of a neighbouring kingdom from the time she was born. Though unusual, they were allowed to meet every year. Gradually, they found that they liked each other enough to marry and rule their kingdoms with the peace and wisdom their parents had intended. But fate is never obedient to the will of kings and queens.

A Viking lord set his eyes on the well-known harvest in the princess' kingdom, though he had no idea of the princess' existence at the time. After hearing that her parents had passed away, he loaded his battle gear, horses, and men onto ships, and boldly set out to take what he desired. When their routine of looting was over, the princess was brought before him, and he was asked what he wanted to do. When he looked surprised and then appraised her silently from head to toe, anger rose in her chest, and she couldn't control the unladylike slap that landed squarely on him. Quickly, she stepped back, uncertain how he would retaliate.

But the Viking only laughed in response and threw her over his back. When she protested that she was to be married, he laughed some more and agreed she would be—but to him. And without any qualms about the princess' threats, he carried her to his ship and set sail with his men, along with a few of her people who chose to travel back with them for her sake.

Unknown to the princess, the prince had a mistress, and though he cared deeply for her, his heart had never fully committed to the life she had thought was theirs. This is why he arrived too late, and it is said that he and his cavalry of horses race over the beach in pursuit, haunting the shores of the princess' kingdom, guilt of the unspoken masking his every thought.

∞

Meanwhile, the princess was said to have discovered the truth from her people on the journey to the Viking's kingdom. It freed her at last to fall head over heels in love with her brash, noble, and wild-hearted rescuer.

Lighthouse: Whiteford Lighthouse, stands in Loughor Estuary, half a mile offshore from Whiteford Point, Gower Peninsula, South Wales.

Random Fact: A loud, thundering noise of hooves called the "phantom galloping" is often heard originating from the direction of Broughton beach before moving along to Whiteford Sands, where it abruptly stops.

Άγριος πολεμιστής

Μια πριγκίπισσα ήταν αρραβωνιασμένη με έναν πρίγκιπα ενός γειτονικού βασιλείου από τη στιγμή που γεννήθηκε. Αν και ασυνήθιστο, τους επιτρεπόταν να συναντιούνται κάθε χρόνο. Σταδιακά, ανακάλυψαν ότι τους άρεσε ο ένας ο άλλος αρκετά ώστε να παντρευτούν και να κυβερνήσουν τα βασίλεια τους με την ειρήνη και τη σοφία που είχαν οραματιστεί οι γονείς τους. Αλλά η μοίρα δεν υπακούει ποτέ στη βούληση των βασιλέων και των βασιλισσών.

Ένας άρχοντας των Βίκινγκ έβαλε στο μάτι τη φημισμένη σοδειά του βασιλείου της πριγκίπισσας, αν και τότε δεν είχε ιδέα για την ύπαρξή της. Αφού έμαθε ότι οι γονείς της είχαν πεθάνει, φόρτωσε τον πολεμικό εξοπλισμό, τα άλογα και τους άντρες του στα πλοία και ξεκίνησε με θάρρος να πάρει αυτό που επιθυμούσε. Όταν τελείωσε η ρουτίνα της λεηλασίας, η πριγκίπισσα οδηγήθηκε μπροστά του και του ζητήθηκε να πει τι ήθελε να κάνει. Όταν εκείνος την κοίταξε έκπληκτος και στη συνέχεια την εξέτασε σιωπηλά από την κορυφή μέχρι τα νύχια, η οργή ανέβηκε στο στήθος της και δεν μπόρεσε να συγκρατήσει το αταίριαστο για μια κυρία χαστούκι που του έριξε. Γρήγορα, έκανε ένα βήμα πίσω, αβέβαιη για το πώς θα αντιδράσει.

Αλλά ο Βίκινγκ απλώς γέλασε και την έριξε πάνω στην πλάτη του. Όταν εκείνη διαμαρτυρήθηκε ότι επρόκειτο να παντρευτεί, εκείνος γέλασε ακόμα περισσότερο και συμφώνησε ότι θα παντρευόταν, αλλά τον ίδιο. Και χωρίς κανένα ενδοιασμό για τις απειλές της πριγκίπισσας, την μετέφερε στο πλοίο του και απέπλευσε με τους άντρες του, μαζί με μερικούς από τους δικούς της που επέλεξαν να ταξιδέψουν μαζί τους για χάρη της.

Χωρίς να το γνωρίζει η πριγκίπισσα, ο πρίγκιπας είχε μια ερωμένη και, αν και την αγαπούσε βαθιά, η καρδιά του δεν είχε ποτέ αφοσιωθεί πλήρως στη ζωή που εκείνη πίστευε ότι ήταν δική τους. Γι' αυτό έφτασε πολύ αργά, και λέγεται ότι αυτός και η ιππασία του τρέχουν πάνω στην παραλία κυνηγώντας, στοιχειώνοντας τις ακτές του βασιλείου της πριγκίπισσας, με την ενοχή του ανείπωτου να καλύπτει κάθε του σκέψη.

Εν τω μεταξύ, λέγεται ότι η πριγκίπισσα ανακάλυψε την αλήθεια από τους ανθρώπους της κατά τη διάρκεια του ταξιδιού προς το βασίλειο των Βίκινγκ. Αυτό την ελευθέρωσε επιτέλους να ερωτευτεί παράφορα τον αυθάδη, ευγενή και άγριο καρδιάν σωτήρα της.

Dzika wojowniczka

Księżniczka została zaręczona z księciem sąsiedniego królestwa od momentu narodzin. Chociaż było to niezwykłe, pozwolono im spotykać się co roku.

Stopniowo odkryli, że darzą się nawzajem sympatią na tyle, by zawrzeć związek małżeński i rządzić swoimi królestwami w pokoju i mądrości, zgodnie z zamierzeniami ich rodziców. Jednak los nigdy nie jest posłuszny woli królów i królowych.

Wiking zwrócił uwagę na słynne zbiory w królestwie księżniczki, choć nie miał wówczas pojęcia o jej istnieniu.

Lighthouse Shores For You

Gdy dowiedział się, że jej rodzice zmarli, załadował na statki swój sprzęt bojowy, konie i ludzi i odważnie wyruszył, aby zdobyć to, czego pragnął. Gdy zakończyli rutynowe grabieże, księżniczkę przyprowadzono przed niego i zapytano, co zamierza zrobić. Kiedy spojrzał na nią z zaskoczeniem, a następnie ocenił ją w milczeniu od stóp do głów, w jej piersi wzrosła złość i nie mogła powstrzymać się od uderzenia go w twarz, co nie przystało damie. Szybko cofnęła się, niepewna, jak zareaguje.

Ale Wiking tylko się roześmiał i przerzucił ją przez ramię. Kiedy zaprotestowała, że ma wyjść za mąż, roześmiał się jeszcze bardziej i zgodził się, że tak będzie – ale za niego. Nie przejmując się groźbami księżniczki, zaniósł ją na swój statek i wraz z ludźmi wyruszył w rejs, zabierając ze sobą kilku jej poddanych, którzy postanowili wrócić z nimi dla jej dobra.

Księżniczka nie wiedziała, że książę miał kochankę i choć bardzo ją kochał, jego serce nigdy nie było w pełni oddane życiu, które ona uważała za ich wspólne.

To dlatego przybył zbyt późno i mówi się, że wraz ze swoją kawalerią pędzi po plaży w pościgu, nawiedzając wybrzeża królestwa księżniczki, a poczucie winy z powodu niewypowiedzianych słów przesłania mu wszystkie myśli.

Tymczasem księżniczka podobno dowiedziała się o prawdzie od swoich ludzi podczas podróży do królestwa Wikingów. To w końcu uwolniło ją i pozwoliło zakochać się bez pamięci w swoim zuchwałym, szlachetnym i dzikim sercem wybawcy.

Reena Doss

Quiet Life

An old lady and her son once escaped a village where leaders looted people in their community simply for expecting safety and peace to live among them. They found an island with an abandoned lighthouse and worked tirelessly to make it habitable. They grew an organic garden, discovered a natural spring, and brought cattle to live with them.

Over time, weary travellers at sea would visit and stay overnight. One day, the sea washed up a young woman and her child. The old lady, reminded of her own past, looked after them very well. Seeing her son get along with the young woman and becoming fond of the child, she invited them to stay, if they no longer needed to return. The young woman, who had been running away from an abusive past, agreed.

When the good old lady fell ill and neared the end of her life, she looked at her son, the young woman, the child who had grown into a teenager, and the three little ones gathered by her bedside. “It’s been a good life,” she said with a smile, before closing her eyes.

Lighthouse: Leuchtturm Roter Sand Lighthouse, North Sea, at the mouth of the Weser River estuary in Germany

Random Fact: The lighthouse was sometimes referred to as the "loneliest hotel in the world" because, at one time, people could book overnight stays in the tower.

∞

Ήσυχη ζωή

Μια ηλικιωμένη κυρία και ο γιος της κάποτε έφυγαν από ένα χωριό όπου οι ηγέτες λεηλατούσαν τους κατοίκους της κοινότητας απλώς και μόνο επειδή ήθελαν να ζήσουν με ασφάλεια και ειρήνη. Βρήκαν ένα νησί με έναν εγκαταλελειμμένο φάρο και εργάστηκαν ακούραστα για να το κάνουν κατοικήσιμο. Φύτεψαν έναν βιολογικό κήπο, ανακάλυψαν μια φυσική πηγή και έφεραν ζώα για να ζήσουν μαζί τους.

Με την πάροδο του χρόνου, κουρασμένοι ταξιδιώτες στη θάλασσα τους επισκέπτονταν και έμεναν εκεί για τη νύχτα. Μια μέρα, η θάλασσα έφερε στην ακτή μια νεαρή γυναίκα και το παιδί της. Η ηλικιωμένη κυρία, θυμηθείσα το δικό της παρελθόν, τους φρόντισε πολύ καλά. Βλέποντας τον γιο της να τα πηγαίνει καλά με τη νεαρή γυναίκα και να αγαπάει το παιδί, τους προσκάλεσε να μείνουν, αν δεν είχαν πλέον λόγο να επιστρέψουν. Η νεαρή γυναίκα, που είχε φύγει από ένα βίαιο παρελθόν, συμφώνησε.

Όταν η καλή γριά αρρώστησε και πλησίαζε το τέλος της ζωής της, κοίταξε τον γιο της, τη νεαρή γυναίκα, το παιδί που είχε μεγαλώσει και είχε γίνει έφηβος, και τα τρία μικρά που είχαν μαζευτεί στο προσκέφαλό της. «Ήταν μια καλή ζωή», είπε με ένα χαμόγελο, πριν κλείσει τα μάτια της.

Spokojne życie

Pewna starsza pani wraz z synem uciekła kiedyś z wioski, której przywódcy grabowali mieszkańców tylko dlatego, że oczekiwali oni bezpieczeństwa i spokoju. Znaleźli wyspę z opuszczoną latarnią morską i niestrudzenie pracowali, aby uczynić ją nadającą się do zamieszkania. Założyli ekologiczny ogród, odkryli naturalne źródło i sprowadzili bydło, aby im towarzyszyło.

Z czasem zmęczeni podróżnicy z morza zaczęli ich odwiedzać i zatrzymywać się na noc. Pewnego dnia morze wyrzuciło na brzeg młodą kobietę i jej dziecko. Starsza pani, przypominając sobie własną przeszłość, bardzo dobrze się nimi opiekowała. Widząc, jak jej syn dogaduje się z młodą kobietą i darzy sympatią dziecko, zaprosiła ich, aby zostali, jeśli nie muszą już wracać. Młoda kobieta, która uciekała przed przemocą w przeszłości, zgodziła się.

Kiedy dobra starsza pani zachorowała i zbliżała się do końca życia, spojrzała na swojego syna, młodą kobietę, dziecko, które wyrosło na nastolatka, i trójkę maluchów zgromadzonych przy jej łóżku. „To było dobre życie" – powiedziała z uśmiechem, po czym zamknęła oczy.

∞

Avenging Ghost

It wasn't the most desired job in the world. Rumours of ghosts and restless spirits haunted the island, and few dared to go near. So it was unusual when three young men volunteered to tend the lighthouse there. No one questioned their reasons—no one else was willing to take their place.

The truth was darker. They had heard a strange tale from an old fisherman—a story of a lady who had been buried alive by five men, only to rise from the earth and slaughter them in vengeance. When the young men asked why, the fisherman told them that she had been on her way to her new husband's home, and that the men who were meant to guard her and the dowry had instead turned greedy.

The three "volunteers" decided to search for the treasure said to lie buried with her betrayers. They agreed to share it if the legend proved true.

During an excavation, one of them found a clue, and another heard feminine laughter on the wind. They followed the sound, and what they saw made them freeze in place: a lady in ghostly white was embracing their third companion.

Unbeknownst to them, this man was the lady in question's husband. He had never confided his truth to them, not knowing whether his bride had died or still lived. When this revelation came out, jealousy and ambition poisoned the air, echoing the same corruption that had doomed the men before them.

Realizing they would lose both treasure and claim, the remaining two plotted to kill the couple. But the lady had learned well about the treacherous deceit of men who were out for themselves.

So she hid in a closet in her husband's room and told him to lie flat beneath the bed stands. When the two crept in with knives drawn, she stepped from the shadows and shot them clean through the head.

Later, the couple buried the men beside those who had once betrayed them, found passage on a ship to another country, and lived out the rest of their days far from the world that had tried to steal their happiness.

Lighthouse: Flannan Isles Lighthouse, on Eilean Mòr, west of the Isle of Lewis in the Outer Hebrides of Scotland

Random Fact: When the three lighthouse keepers vanished without a trace, the mysterious circumstances, the lack of bodies, and the remote location led some locals fuel speculation, rumour and tales. One of them was that the influence of the "Phantom of the Seven Hunters" or other "vengeful spirits" had "spirited" the men away.

Το φάντασμα της εκδίκησης

Δεν ήταν η πιο επιθυμητή δουλειά στον κόσμο. Φήμες για φαντάσματα και ανήσυχα πνεύματα στοιχειώναν το νησί και λίγοι τολμούσαν να πλησιάσουν. Ήταν λοιπόν ασυνήθιστο όταν τρεις νεαροί άνδρες προσφέρθηκαν εθελοντικά να φροντίσουν τον φάρο εκεί. Κανείς δεν αμφισβήτησε τους λόγους τους — κανένας άλλος δεν ήταν πρόθυμος να πάρει τη θέση τους.

Η αλήθεια ήταν πιο σκοτεινή. Είχαν ακούσει μια παράξενη ιστορία από έναν γέρο ψαρά — την ιστορία μιας γυναίκας που είχε θαφτεί ζωντανή από πέντε άντρες, αλλά αναστήθηκε από το χώμα και τους σκότωσε για εκδίκηση. Όταν οι νεαροί ρώτησαν γιατί, ο ψαράς τους είπε ότι η γυναίκα ήταν καθ' οδόν για το σπίτι του νέου συζύγου της και ότι οι άντρες που έπρεπε να την προστατεύουν και να φυλάξουν την προίκα της είχαν γίνει άπληστοι.

Οι τρεις «εθελοντές» αποφάσισαν να αναζητήσουν τον θησαυρό που λέγεται ότι ήταν θαμμένος μαζί με τους προδότες της. Συμφώνησαν να τον μοιραστούν αν η λεγενδα αποδειχτεί αληθινή.

Κατά τη διάρκεια μιας ανασκαφής, ένας από αυτούς βρήκε ένα στοιχείο, και ένας άλλος άκουσε γυναικείο γέλιο στον άνεμο. Ακολούθησαν τον ήχο και αυτό που είδαν τους έκανε να παγώσουν στη θέση τους: μια γυναίκα ντυμένη στα λευκά αγκαλιάζε τον τρίτο σύντροφό τους.

Χωρίς να το γνωρίζουν, αυτός ο άντρας ήταν ο σύζυγος της εν λόγω γυναίκας. Δεν τους είχε ποτέ αποκαλύψει την αλήθεια, καθώς δεν ήξερε αν η νύφη του είχε πεθάνει ή ζούσε ακόμα. Όταν αποκαλύφθηκε αυτό, η ζήλια και η φιλοδοξία δηλητηρίασαν την ατμόσφαιρα, επαναλαμβάνοντας την ίδια διαφθορά που είχε καταστρέψει τους άντρες πριν από αυτούς.

Συνειδητοποιώντας ότι θα έχαναν τόσο τον θησαυρό όσο και τα δικαιώματά τους, οι δύο που απέμειναν σχεδίασαν να σκοτώσουν το ζευγάρι. Αλλά η γυναίκα είχε μάθει καλά την προδοτική απάτη των ανδρών που ενδιαφέρονταν μόνο για τον εαυτό τους.

Έτσι, κρύφτηκε σε μια ντουλάπα στο δωμάτιο του συζύγου της και του είπε να ξαπλώσει κάτω από το κρεβάτι. Όταν οι δύο μπήκαν κρυφά με μαχαίρια στα χέρια, βγήκε από τις σκιές και τους πυροβόλησε στο κεφάλι.

Αργότερα, το ζευγάρι έθαψε τους άνδρες δίπλα σε εκείνους που τους είχαν προδώσει, βρήκε θέση σε ένα πλοίο για άλλη χώρα και έζησε το υπόλοιπο της ζωής του μακριά από τον κόσμο που είχε προσπαθήσει να κλέψει την ευτυχία του.

Φάρος: Φάρος Flannan Isles, στο Eilean Mòr, δυτικά του νησιού Lewis στις Εξωτερικές Εβρίδες της Σκωτίας

Τυχαίο γεγονός: Όταν οι τρεις φαροφύλακες εξαφανίστηκαν χωρίς ίχνος, οι μυστηριώδεις συνθήκες, η απουσία πτωμάτων και η απομακρυσμένη τοποθεσία οδήγησαν ορισμένους ντόπιους να τροφοδοτήσουν εικασίες, φήμες και ιστορίες.

Μία από αυτές ήταν ότι η επιρροή του «Φαντάσματος των Επτά Κυνηγών» ή άλλων «εκδικητικών πνευμάτων» είχε «απαγάγει» τους άνδρες.

Mściwy duch

Nie była to najbardziej pożądana praca na świecie. Plotki o duchach i niespokojnych duchach nawiedzały wyspę i niewielu odważyło się zbliżyć do niej. Dlatego też niezwykłe było, gdy trzech młodych mężczyzn zgłosiło się na ochotników do obsługi tamtejszej latarni morskiej. Nikt nie pytał o powody ich decyzji – nikt inny nie był skłonny zająć ich miejsca.

Prawda była mroczna. Usłyszeli dziwną opowieść od starego rybaka – historię o kobiecie, która została pogrzebana żywcem przez pięciu mężczyzn, ale powstała z ziemi i zabiła ich w ramach zemsty. Kiedy młodzi mężczyźni zapytali dlaczego, rybak powiedział im, że kobieta była w drodze do domu swojego nowego męża, a mężczyźni, którzy mieli ją i jej posag pilnować, stali się chciwi.

Trzej „ochotnicy" postanowili poszukać skarbu, który miał być pochowany wraz z jej zdrajcami. Uzgodnili, że podzielą się nim, jeśli legenda okaże się prawdziwa.

Podczas wykopalisk jeden z nich znalazł wskazówkę, a drugi usłyszał kobiecy śmiech niesiony przez wiatr. Poszli za dźwiękiem i to, co zobaczyli, sprawiło, że zamarli w miejscu: kobieta w upiornej bieli obejmowała ich trzeciego towarzysza.

Nie wiedzieli, że ten mężczyzna był mężem wspomnianej kobiety. Nigdy nie zwierzył się im z prawdy, nie wiedząc, czy jego żona zginęła, czy nadal żyje.

∞

Kiedy ta prawda wyszła na jaw, zazdrość i ambicja zatruły atmosferę, powtarzając tę samą zgniliznę, która zgubiła poprzednich mężczyzn. Zdając sobie sprawę, że stracą zarówno skarb, jak i prawo do niego, pozostali dwaj spiskowali, aby zabić parę. Ale kobieta dobrze nauczyła się zdradzieckich podstępów mężczyzn, którzy dbali tylko o siebie.

Ukryła się więc w szafie w pokoju męża i kazała mu położyć się płasko pod łóżkiem. Kiedy dwaj wkradli się z wyciągniętymi nożami, wyszła z cienia i strzeliła im prosto w głowę.

Później para pochowała mężczyzn obok tych, którzy ich zdradzili, znalazła statek do innego kraju i spędziła resztę życia z dala od świata, który próbował odebrać im szczęście.

Soldier Of Justice

There is a story of a man who was murdered while tending to a lighthouse. Not much is known of the facts—only that he was either killed or staged his own disappearance. Yet the version that is least spoken of feels, somehow, the most true. The man had a wicked way of moving through the world. Though he had a wife, he left her on shore so he could play games of seduction with the young women at the ports he visited for supplies. After making his wife prepare him a fine meal and pack necessities for the week, he would set sail—and by the time his boat reached land, his words would already be weaving spells.

One woman's husband was not at all pleased. A soldier, often away, he had trusted his wife to keep their vows. When he learned what had happened, his anger burned like salt in an open wound. And when he discovered that other soldiers' wives had been deceived by the same man—some even bearing children from those brief encounters—he gathered them and plotted retribution. They travelled to the island and killed the keeper so cleanly that no evidence remained—no trace that might lead back to them.

Afterward, the men abandoned their own wives, who wept and wailed as their ships departed. It is said that their grief and repentance turned them into mermaids—and to this day they haunt the ghost of the lighthouse keeper, who in turn haunts the island, forever seeking justice that was never his to claim.

Lighthouse: Gibraltar Point Lighthouse situated on, Toronto Islands, the Great Lakes in Ontario, Canada

Random Fact: The unsolved murder of the German-born and first keeper of the lighthouse's first keeper—John Paul Radelmüller is now a ghost story.

∞

Στρατιώτης της δικαιοσύνης

Υπάρχει μια ιστορία για έναν άνδρα που δολοφονήθηκε ενώ φρόντιζε έναν φάρο. Δεν είναι γνωστά πολλά για τα γεγονότα — μόνο ότι είτε δολοφονήθηκε είτε σκηνοθέτησε την εξαφάνισή του. Ωστόσο, η εκδοχή για την οποία μιλάει κανείς λιγότερο φαίνεται, κατά κάποιον τρόπο, η πιο αληθινή. Ο άντρας είχε έναν κακό τρόπο να κινείται στον κόσμο. Αν και είχε γυναίκα, την άφηνε στην ακτή για να μπορεί να παίζει παιχνίδια αποπλάνησης με τις νεαρές γυναίκες στα λιμάνια που επισκεπτόταν για προμήθειες. Αφού έβαζε τη γυναίκα του να του ετοιμάσει ένα καλό γεύμα και να του πακετάρει τα απαραίτητα για την εβδομάδα, σαλπάριζε – και μέχρι να φτάσει το πλοίο του στη στεριά, τα λόγια του είχαν ήδη αρχίσει να ρίχνουν τα μάγια τους.

Ο σύζυγος μιας γυναίκας δεν ήταν καθόλου ευχαριστημένος. Στρατιώτης, συχνά μακριά, είχε εμπιστευτεί τη γυναίκα του να τηρήσει τους όρκους τους. Όταν έμαθε τι είχε συμβεί, η οργή του έκαιγε σαν αλάτι σε ανοιχτή πληγή. Και όταν ανακάλυψε ότι οι γυναίκες άλλων στρατιωτών είχαν εξαπατηθεί από τον ίδιο άντρα — μερικές μάλιστα είχαν γεννήσει παιδιά από αυτές τις σύντομες συναντήσεις — τις συγκέντρωσε και σχεδίασε εκδίκηση. Ταξίδεψαν στο νησί και σκότωσαν τον φύλακα τόσο καθαρά που δεν έμεινε κανένα αποδεικτικό στοιχείο — κανένα ίχνος που θα μπορούσε να οδηγήσει πίσω σε αυτούς.

Μετά, οι άντρες εγκατέλειψαν τις γυναίκες τους, οι οποίες έκλαιγαν και θρηνούσαν καθώς τα πλοία τους αποπλέουν. Λέγεται ότι η θλίψη και η μετάνοιά τους τις μετέτρεψαν σε γοργόνες — και μέχρι σήμερα στοιχειώνουν το φάντασμα του φρουρού του φάρου, ο οποίος με τη σειρά του στοιχειώνει το νησί, αναζητώντας για πάντα τη δικαιοσύνη που δεν του ανήκε ποτέ.

Żołnierz sprawiedliwości

Istnieje opowieść o mężczyźnie, który został zamordowany podczas pracy w latarni morskiej. Niewiele wiadomo na temat faktów – wiadomo tylko, że został zabity lub sam zainscenizował swoje zniknięcie. Jednak wersja, o której mówi się najmniej, wydaje się jakoś najbardziej prawdziwa. Mężczyzna ten miał niegodziwy sposób poruszania się po świecie. Miał żonę, ale zostawił ją na lądzie, aby móc uwodzić młode kobiety w portach, do których zawijał po zaopatrzenie. Po tym, jak żona przygotowała mu smaczny posiłek i spakowała niezbędne rzeczy na tydzień, wypływał w morze – a zanim jego łódź dotarła do lądu, jego słowa już rzucały zaklęcia.

Mąż jednej z kobiet nie był tym zachwycony. Był żołnierzem, często przebywającym poza domem, i ufał, że jego żona dotrzyma ślubów małżeńskich. Kiedy dowiedział się, co się stało, jego gniew płonął jak sól w otwartej ranie. A kiedy odkrył, że żony innych żołnierzy zostały oszukane przez tego samego mężczyznę – niektóre nawet urodziły dzieci z tych krótkich spotkań – zebrał je i zaplanował zemstę. Udali się na wyspę i zabili strażnika tak skutecznie, że nie pozostawił żadnych śladów, które mogłyby doprowadzić do nich.

Potem mężczyźni porzucili swoje żony, które płakały i lamentowały, gdy ich statki odpływały. Mówi się, że ich smutek i skrucha zmieniły je w syreny – i do dziś nawiedzają ducha latarnika, który z kolei nawiedza wyspę, wiecznie szukając sprawiedliwości, której nigdy nie mógł dochodzić.

Red Bride

The princess was not known for her beauty, but for her bow. Her father had allowed her to learn the art, even though it was normally forbidden for women to take up a man's sport.

The only reason she was permitted was because, at five years old, she had escaped the nursery, marched boldly into her father's courtroom, and stood before him and his court to demand the right to learn archery. Faced with such courage from his small daughter, the King had laughed and agreed. When his courtiers protested, he silenced them by telling the child that she would endure the same harsh training as any man, and there would be no exceptions simply because she was a girl. She had nodded—and in time proved herself to be an exceptional archer and a pride to the kingdom. No other woman was allowed to follow her path, nor did they truly wish to, even when they envied her.

When the time for marriage arrived, the princess was granted the rare right to choose her husband, for she had become a shield-maiden to the crown on account of her skill and loyalty.

A mighty king from a neighbouring realm did not take kindly to this. Believing her father had grown soft, he sent a band of brigands to capture the princess and slay the old King while they travelled in their carriage to meet the diplomat-king she had chosen to marry.

The bards sang later on about how their then princess fought the brigands with unmatched courage. But during the scrummage, the old King, worried for his daughter's safety, took an arrow before it hit her back. By the time her future husband arrived with his guard, the fight was over, the brigands were captured and the old King was barely breathing.

When the princess and the guard carried the wounded King to her betrothed's home, he placed his crown of valour and sceptre in her hands—and passed away.

This is why she came to be known as the Red Bride—for she reached her husband's home not as a maiden, but as a warrior-queen, victorious and blooded, proving herself worthy of the crown even before she wore it.

Lighthouse: Jeddah Lighthouse or Jeddah Port Control House, located at the Jeddah Islamic Port in Saudi Arabia

Random Fact: According to local folklore, the city of Jeddah is known as the "Bride of the Red Sea" for its historical role as a gateway to Mecca and also because it is believed to be home to the Tomb of Eve (Hawa), who is considered the grandmother (matriarch) of humanity.

Η Κόκκινη Νύφη

Η πριγκίπισσα δεν ήταν γνωστή για την ομορφιά της, αλλά για το τόξο της. Ο πατέρας της της είχε επιτρέψει να μάθει την τέχνη αυτή, παρόλο που συνήθως απαγορευόταν στις γυναίκες να ασχολούνται με ανδρικά αθλήματα.

Ο μόνος λόγος που της το επέτρεψε ήταν επειδή, σε ηλικία πέντε ετών, είχε δραπετεύσει από το παιδικό δωμάτιο, είχε μπει με θάρρος στην αίθουσα του πατέρα της και είχε σταθεί μπροστά του και στην αυλή του για να απαιτήσει το δικαίωμα να μάθει τοξοβολία. Αντιμέτωπος με τέτοιο θάρρος από τη μικρή του κόρη, ο βασιλιάς γέλασε και συμφώνησε. Όταν οι αυλικοί του διαμαρτυρήθηκαν, τους σιώπησε λέγοντας στο παιδί ότι θα υποβληθεί στην ίδια σκληρή εκπαίδευση με τους άνδρες και ότι δεν θα γίνουν εξαιρέσεις μόνο και μόνο επειδή είναι κορίτσι. Εκείνη κούνησε το κεφάλι και με τον καιρό αποδείχθηκε εξαιρετική τοξότης και υπερηφάνεια για το βασίλειο.

∞

Καμία άλλη γυναίκα δεν είχε το δικαίωμα να ακολουθήσει το παράδειγμά της, ούτε και το επιθυμούσαν πραγματικά, ακόμα και αν την ζήλευαν.

Όταν έφτασε η ώρα του γάμου, στην πριγκίπισσα παραχωρήθηκε το σπάνιο δικαίωμα να επιλέξει τον σύζυγό της, καθώς είχε γίνει προστάτιδα του στέμματος χάρη στην ικανότητα και την αφοσίωσή της.

Ένας ισχυρός βασιλιάς από ένα γειτονικό βασίλειο δεν το δέχτηκε αυτό με καλό μάτι. Πιστεύοντας ότι ο πατέρας της είχε μαλακώσει, έστειλε μια ομάδα ληστών να αιχμαλωτίσουν την πριγκίπισσα και να σκοτώσουν τον γέρο βασιλιά, ενώ ταξίδευαν με την άμαξά τους για να συναντήσουν τον διπλωμάτη-βασιλιά που είχε επιλέξει να παντρευτεί.

Οι βάρδοι τραγούδησαν αργότερα για το πώς η πριγκίπισσα τους πολέμησε τους ληστές με απαράμιλλο θάρρος. Αλλά κατά τη διάρκεια της συμπλοκής, ο γέρος βασιλιάς, ανησυχώντας για την ασφάλεια της κόρης του, δέχτηκε ένα βέλος πριν αυτό την χτυπήσει στην πλάτη. Όταν ο μελλοντικός σύζυγός της έφτασε με τη φρουρά του, η μάχη είχε τελειώσει, οι ληστές είχαν συλληφθεί και ο γέρος βασιλιάς αναπνέε με δυσκολία.

Όταν η πριγκίπισσα και η φρουρά μετέφεραν τον τραυματισμένο βασιλιά στο σπίτι του αρραβωνιαστικού της, εκείνος έβαλε το στέμμα της ανδρείας και το σκήπτρο στα χέρια της και πέθανε.

Γι' αυτό και έγινε γνωστή ως η Κόκκινη Νύφη, καθώς έφτασε στο σπίτι του συζύγου της όχι ως παρθένα, αλλά ως πολεμίστρια-βασίλισσα, νικηφόρα και αιματοβαμμένη, αποδεικνύοντας ότι ήταν άξια του στέμματος πριν ακόμη το φορέσει.

Czerwona panna młoda

Księżniczka nie była znana ze swojej urody, ale ze swojej łuku. Jej ojciec pozwolił jej nauczyć się tej sztuki, mimo że kobietom zazwyczaj nie wolno było uprawiać męskich sportów.

Jedynym powodem, dla którego otrzymała pozwolenie, było to, że w wieku pięciu lat uciekła z pokoju dziecięcego, śmiało wkroczyła do sali sądowej swojego ojca i stanęła przed nim i jego dworem, domagając się prawa do nauki łucznictwa. W obliczu takiej odwagi swojej małej córki król roześmiał się i zgodził. Kiedy jego dworzanie protestowali, uciszył ich, mówiąc dziecku, że będzie poddana tak samo surowemu treningowi jak każdy mężczyzna i nie będzie żadnych wyjątków tylko dlatego, że jest dziewczyną. Dziewczynka skinęła głową i z czasem udowodniła, że jest wyjątkową łuczniczką i dumą królestwa. Żadna inna kobieta nie mogła podążać jej śladami, ani też nie chciała tego, nawet jeśli jej zazdrościła.

Kiedy nadszedł czas małżeństwa, księżniczka otrzymała rzadkie prawo wyboru męża, ponieważ dzięki swoim umiejętnościom i lojalności stała się tarczą korony.

Potężny król z sąsiedniego królestwa nie przyjął tego zbyt przychylnie. Uważając, że jej ojciec stał się zbyt łagodny, wysłał bandę rozbójników, aby porwali księżniczkę i zabili starego króla, podczas gdy podróżowali powozem na spotkanie z dyplomatą-królem, którego wybrała na męża.

Bardowie śpiewali później o tym, jak ich ówczesna księżniczka walczyła z bandytami z niezrównaną odwagą. Jednak podczas walki stary król, martwiąc się o bezpieczeństwo córki, przyjął strzałę, która miała trafić ją w plecy. Zanim jej przyszły mąż przybył z ochroną, walka dobiegła końca, bandyci zostali schwytani, a stary król ledwo oddychał.

∞

Kiedy księżniczka i strażnik zanieśli rannego króla do domu jej narzeczonego, ten złożył w jej ręce swoją koronę męstwa i berło – i odszedł.

Dlatego też zaczęto nazywać ją Czerwoną Panną Młodą – ponieważ dotarła do domu swojego męża nie jako dziewica, ale jako wojownicza królowa, zwycięska i okryta krwią, udowadniając, że jest godna korony, zanim jeszcze ją założyła.

Secret Kingdom

A young prince was known throughout his kingdom for his visionary heart, wisdom in action, and love of knowledge. As the youngest son, not the heir, he was free to travel—and travel he did.

He roamed distant lands, bringing back scrolls of literature, history, and discovery, while leaving behind tales of his own adventures. His good nature, humility, and kindness left their mark on every place he visited, and whenever he returned home, he enriched the kingdom's library with the treasures he had gathered.

The young prince did not realize that his elder brother harboured a deep, unreasonable jealousy. When the old King passed away, the heir ascended the throne.

As the prince began planning his next journey, the new King—driven by envy and pride—ordered him imprisoned within the library and commanded that the building be set ablaze.

Horrified, the people pleaded for mercy, but the King would not be moved. He was a selfish man who craved the glory his brother had earned through wisdom and compassion.

The young prince accepted his fate with calm dignity, entering the library alongside his loyal crew, even as the heavy doors clanged shut and the bolts locked behind them. He had never imagined that the priceless scrolls he had gathered over the years would be lost at the hands of his own family. He had always expected such loss to come from outsiders—invaders or thieves—but never from within.

Yet the prince was prepared.

∞

Long ago, he had devised a remarkable safeguard: the inner walls of the library concealed a mechanism capable of lowering the entire chamber deep into the earth, sealing it from harm. This secret was known only to his most faithful servants, who had sworn loyalty to him.

As the flames began to consume the towers above, they pulled the hidden lever. The floor trembled and slowly descended, carrying them deep into the earth, where darkness enveloped them.

After that day, the ground above quaked and collapsed in endless waves of earthquakes. The once-great kingdom slowly crumbled, swallowed by time and shifting earth, until it was forgotten altogether.

Only a legend remained—of a preserved world of immeasurable wealth, wonder, and wisdom, safely protected beneath the ruins, waiting for the day it would be found again, for its true heart, depth, and courage had not been lost forever.

Lighthouse: Rubjerg Knude Fyr, atop the Lønstrup Cliff, on the North Sea coast of the Jutland peninsula.

Random Fact: The massive sand drift (the "sand migration") has been a feature of the region for centuries, burying farms and fields and creating the dramatic landscape seen today. This history of a "lost land" gives the area a mythical quality.

Το μυστικό βασίλειο

Ένας νεαρός πρίγκιπας ήταν γνωστός σε όλο το βασίλειό του για το οραματιστικό του πνεύμα, τη σοφία του στην πράξη και την αγάπη του για τη γνώση. Ως ο νεότερος γιος, και όχι ο διάδοχος, ήταν ελεύθερος να ταξιδεύει — και ταξίδευε.

Περιπλανήθηκε σε μακρινές χώρες, φέρνοντας πίσω πάπυρους με λογοτεχνία, ιστορία και ανακαλύψεις, ενώ άφηνε πίσω του ιστορίες από τις δικές του περιπέτειες. Η καλή του φύση, η ταπεινότητα και η καλοσύνη του άφησαν το σημάδι τους σε κάθε μέρος που επισκέφθηκε, και κάθε φορά που επέστρεφε στο σπίτι, εμπλούτιζε τη βιβλιοθήκη του βασιλείου με τους θησαυρούς που είχε συλλέξει.

Ο νεαρός πρίγκιπας δεν συνειδητοποιούσε ότι ο μεγαλύτερος αδελφός του έτρεφε μια βαθιά, παράλογη ζήλια. Όταν ο γέρος βασιλιάς πέθανε, ο διάδοχος ανέβηκε στο θρόνο.

Καθώς ο πρίγκιπας άρχισε να σχεδιάζει το επόμενο ταξίδι του, ο νέος βασιλιάς, παρακινούμενος από φθόνο και υπερηφάνεια, διέταξε να τον φυλακίσουν μέσα στη βιβλιοθήκη και να βάλουν φωτιά στο κτίριο.

Τρομοκρατημένοι, οι άνθρωποι ικέτεψαν για έλεος, αλλά ο βασιλιάς δεν μεταπείστηκε. Ήταν ένας εγωιστής άντρας που λαχταρούσε τη δόξα που ο αδελφός του είχε κερδίσει με τη σοφία και τη συμπόνια του.

Ο νεαρός πρίγκιπας δέχτηκε τη μοίρα του με ήρεμη αξιοπρέπεια, μπαίνοντας στη βιβλιοθήκη μαζί με το πιστό του πλήρωμα, ακόμα και όταν οι βαριές πόρτες έκλεισαν με θόρυβο και οι σύρτες κλειδώθηκαν πίσω τους. Ποτέ δεν είχε φανταστεί ότι οι ανεκτίμητοι πάπυροι που είχε συλλέξει όλα αυτά τα χρόνια θα χαθούν στα χέρια της ίδιας του της οικογένειας. Πάντα περίμενε ότι μια τέτοια απώλεια θα προέλθει από ξένους — εισβολείς ή κλέφτες — αλλά ποτέ από το εσωτερικό.

Ωστόσο, ο πρίγκιπας ήταν προετοιμασμένος.

∞

Πριν από πολύ καιρό, είχε επινοήσει ένα αξιοθαύμαστο μέτρο ασφαλείας: οι εσωτερικοί τοίχοι της βιβλιοθήκης έκρυβαν έναν μηχανισμό ικανό να κατεβάσει ολόκληρο το δωμάτιο βαθιά μέσα στη γη, προστατεύοντάς το από κάθε κίνδυνο. Αυτό το μυστικό το γνώριζαν μόνο οι πιο πιστοί υπηρέτες του, που είχαν ορκιστεί πίστη σε αυτόν.

Όταν οι φλόγες άρχισαν να κατακαίνε τους πύργους από πάνω, τράβηξαν το κρυφό μοχλό. Το δάπεδο τρεμόπαιξε και κατέβηκε αργά, μεταφέροντάς τους βαθιά μέσα στη γη, όπου τους τύλιξε το σκοτάδι.

Μετά από εκείνη την ημέρα, το έδαφος πάνω από το δωμάτιο σειόταν και κατέρρεε σε ατελείωτες σεισμικές δονήσεις. Το κάποτε μεγάλο βασίλειο σιγά-σιγά κατέρρεε, καταπινόμενο από το χρόνο και τις μετακινήσεις του εδάφους, μέχρι που ξεχάστηκε εντελώς.

Μόνο ένας μύθος παρέμεινε — για έναν κόσμο με αμέτρητους πλούτους, θαύματα και σοφία, που προστατευόταν με ασφάλεια κάτω από τα ερείπια, περιμένοντας την ημέρα που θα ανακαλυπτόταν ξανά, καθώς η αληθινή του καρδιά, το βάθος και το θάρρος του δεν είχαν χαθεί για πάντα.

Tajemnicze królestwo

Młody książę był znany w całym królestwie ze swojej wizjonerskiej duszy, mądrości w działaniu i zamiłowania do wiedzy. Jako najmłodszy syn, a nie następca tronu, miał swobodę podróżowania – i z tego prawa korzystał.

Wędrował po odległych krainach, przywożąc ze sobą zwoje literatury, historii i odkryć, pozostawiając po sobie opowieści o swoich przygodach. Jego dobra natura, pokora i życzliwość pozostawiły ślad w każdym miejscu, które odwiedził, a kiedy wracał do domu, wzbogacał bibliotekę królestwa zgromadzonymi skarbami.

Młody książę nie zdawał sobie sprawy, że jego starszy brat żywił do niego głęboką, nieuzasadnioną zazdrość. Kiedy stary król zmarł, tron objął następca tronu.

Kiedy książę zaczął planować swoją kolejną podróż, nowy król – kierowany zazdrością i dumą – nakazał uwięzić go w bibliotece i podpalić budynek.

Przerażeni ludzie błagali o litość, ale król pozostał nieugięty. Był samolubnym człowiekiem, który pragnął chwały, jaką jego brat zdobył dzięki mądrości i współczuciu.

Młody książę pogodził się ze swoim losem z godnością, wchodząc do biblioteki wraz ze swoją lojalną załogą, nawet gdy ciężkie drzwi zatrzasnęły się z hukiem, a zasuwy zablokowały się za nimi. Nigdy nie wyobrażał sobie, że bezcenne zwoje, które gromadził przez lata, zostaną utracone z rąk jego własnej rodziny. Zawsze spodziewał się, że taka strata nastąpi z rąk osób z zewnątrz – najeźdźców lub złodziei – ale nigdy z wewnątrz.

∞

Książę był jednak przygotowany.

Dawno temu opracował niezwykłe zabezpieczenie: wewnętrzne ściany biblioteki skrywały mechanizm zdolny do opuszczenia całej komnaty głęboko pod ziemię, chroniąc ją przed zniszczeniem. Tajemnicę tę znali tylko jego najwierniejsi słudzy, którzy przysięgali mu lojalność.

Kiedy płomienie zaczęły trawić wieże powyżej, pociągnęli za ukrytą dźwignię. Podłoga zadrżała i powoli opadła, przenosząc ich głęboko pod ziemię, gdzie otoczyła ich ciemność.

Po tym dniu ziemia nad nimi trzęsła się i zapadała w niekończących się falach trzęsień ziemi. Niegdyś wielkie królestwo powoli się rozpadało, pochłaniane przez czas i ruchy ziemi, aż w końcu zostało całkowicie zapomniane.

Pozostała tylko legenda – o zachowanym świecie niezmierzonego bogactwa, cudów i mądrości, bezpiecznie chronionym pod ruinami, czekającym na dzień, w którym zostanie ponownie odkryty, ponieważ jego prawdziwe serce, głębia i odwaga nie zostały utracone na zawsze.

Pearl Queen

The island was renowned for the beauty, rarity, and exceptional quality of its pearls. This was largely due to its ruler, a Queen who was not only wise but also remarkably powerful. Often mistaken for a witch, she was, in fact, deeply attuned to the ocean, with a mysterious connection to its creatures. Dolphins, orcas, and whales seemed drawn to her, visiting her regularly.

The Queen and her children dedicated their time to rescuing injured or abandoned marine mammals, caring for them in a secluded inlet pool. Once the animals were healthy or had matured, they were carefully released back into the wild. This practice—unknown and unimaginable to most of the world at the time—made the island a place of fascination, mystery, and intrigue.

As a result, the island was regarded as a forbidden land. Its pearl trade was conducted only halfway to the mainland, where merchants would meet the young royalty—often accompanied by a whale, two orcas, and several dolphins—to ensure fair transactions. This secrecy allowed the Queen and her children to live in peace, prosperity, and quiet for many generations.

Lighthouse: Oyster Rock Lighthouse or Devgad Island Lighthouse, located on Devgad Island near the city of Karwar, Karnataka.

Random Fact: The island got its name "Oyster Rock" because it was once abundant with oysters ("Kalvam" in the local language). The story goes that due to excessive collection by local fishermen over time, the oyster population vanished, leaving only the name as a reminder of the island's natural past.

Η Βασίλισσα των Μαργαριταριών

Το νησί ήταν φημισμένο για την ομορφιά, τη σπανιότητα και την εξαιρετική ποιότητα των μαργαριταριών του. Αυτό οφειλόταν σε μεγάλο βαθμό στην ηγεμόνα του, μια βασίλισσα που δεν ήταν μόνο σοφή, αλλά και εξαιρετικά ισχυρή. Συχνά θεωρούμενη ως μάγισσα, στην πραγματικότητα ήταν βαθιά συνδεδεμένη με τον ωκεανό και είχε μια μυστηριώδη σχέση με τα πλάσματα του. Τα δελφίνια, οι όρκες και οι φάλαινες φαινόταν να την έλκονται και την επισκέπτονταν τακτικά.

Η βασίλισσα και τα παιδιά της αφιέρωναν τον χρόνο τους στη διάσωση τραυματισμένων ή εγκαταλελειμμένων θαλάσσιων θηλαστικών, φροντίζοντάς τα σε μια απομονωμένη λιμνοθάλασσα. Μόλις τα ζώα γίνονταν υγιή ή ωριμάζονταν, τα απελευθέρωναν προσεκτικά πίσω στη φύση. Αυτή η πρακτική, άγνωστη και αδιανόητη για το μεγαλύτερο μέρος του κόσμου εκείνη την εποχή, έκανε το νησί ένα μέρος γοητευτικό, μυστηριώδες και ενδιαφέρον.

Ως αποτέλεσμα, το νησί θεωρούνταν απαγορευμένη περιοχή. Το εμπόριο μαργαριταριών γινόταν μόνο στα μισά του δρόμου προς την ηπειρωτική χώρα, όπου οι έμποροι συναντούσαν τη νεαρή βασιλική οικογένεια —συχνά συνοδευόμενη από μια φάλαινα, δύο όρκες και πολλά δελφίνια— για να εξασφαλίσουν δίκαιες συναλλαγές. Αυτή η μυστικότητα επέτρεψε στη βασίλισσα και τα παιδιά της να ζήσουν σε ειρήνη, ευημερία και ησυχία για πολλές γενιές.

Królowa Perłowa

Wyspa słynęła z piękna, rzadkości i wyjątkowej jakości swoich pereł. Wynikało to w dużej mierze z faktu, że rządziła nią królowa, która była nie tylko mądra, ale także niezwykle potężna. Często mylona z czarownicą, w rzeczywistości była głęboko zharmonizowana z oceanem i miała tajemniczą więź z jego stworzeniami. Delfiny, orki i wieloryby wydawały się być do niej przyciągane i regularnie ją odwiedzały.

Królowa i jej dzieci poświęcały swój czas na ratowanie rannych lub porzuconych ssaków morskich, opiekując się nimi w zacisznej zatoczce. Gdy zwierzęta wracały do zdrowia lub osiągały dojrzałość, były ostrożnie wypuszczane z powrotem na wolność. Praktyka ta, nieznana i niewyobrażalna dla większości świata w tamtych czasach, sprawiała, że wyspa była miejscem fascynującym, tajemniczym i intrygującym.

W rezultacie wyspa była uważana za ziemię zakazaną. Handel perłami odbywał się tylko w połowie drogi do lądu stałego, gdzie kupcy spotykali się z młodą rodziną królewską – często w towarzystwie wieloryba, dwóch orków i kilku delfinów – aby zapewnić uczciwość transakcji. Ta tajemnica pozwoliła królowej i jej dzieciom żyć w pokoju, dobrobycie i spokoju przez wiele pokoleń.

∞

Lighthouse Shores For You

Space For You

Reena Doss

Acknowledgements

I am grateful

If I could, I would travel to places close to fascinating creations all over the world, and leave only after leaving short fiction for every city, village, town, or home I was welcomed in. Imagine how beautiful it might be to leave stories for people to find, wonder about, and enjoy. I hope the people close to these lighthouses find this lantern, print the stories they like, and drop them wherever they want—so that life once again inspires when they retell them in ways they want, with the gifts they were given.

The important thing for me is for others to fall in love with the art of storytelling. It does not matter how it is used. My ink is my gift to the world. That is the beauty of creating after all—to free what we create and allow the Weaver to open the right hearts for seeds to be planted in whatever raw or skilled talent He has already given them to use.

This is why I thank the Weaver innumerable times for this voice. I am never tired of saying how grateful I am for the joy of writing, for *Ink Gladiators Press' team—Leonie Belle Hawk, Justin Adam Wolf,* and *Aelius Arche*—who have helped me publish many books along the way including this one, and for the people who created so many innovations for writers, artists, and creatives like me to reach others without always needing a third party to fulfil their dreams. That is probably why, every time a lantern is released, my soul feels like it is dancing.

May the quill of hope find you in the dark,

Reena Doss

Reena Doss

I'll find you in the dark...

Born in Calcutta with roots drawn from Chennai and Pondicherry, Reena Doss has lived most of her life in the south of India—Bangalore. Though she prefers traveling to far-off places inside her head, she sometimes ventures into the world that others call real.

Reena Doss considers writing to be her first voice of expression, followed closely by art, and creativity. Through the encouraging platform provided by the Instagram community, she reclaimed her lost voices, evolved a few others and discovered new ones along the way.

This has redeemed her trust that consistent Hope, Faith and Love in what is true ignites what is impossible to occur. Her adoration for her beloved Weaver, the Celestial Sky, Nature and her fellow Earthians has given her immeasurable courage to endure every season with a resilience born from battles overcome.

You can try and catch her but it may not always be possible as she is generally off on adventures flying on phoenix wings, swimming into the deep with mermaids and chasing fiery dragons down for stories.

To those who remain true to themselves,
to those who create magic wherever they go,
and for those who sit beside the hurt
when everyone else leaves,
Art will always immortalize you.

Please scan the QR code to follow her on
Instagram @reenadossauthor
www.reenadoss.com

This little book is called a *Lantern* because love is light in disguise. It can only be found when you are buried in the dark, when the seeds die, and you choose to bravely grow and become worthy of your given name—a polished gem, a diamond that cannot help but shine. Lanterns are meant for those who need hope while they are being:

- ♥ Condemned unjustly by those who see a version they want
- ♥ Gossiped about when they are not present to defend themselves
- ♥ Taken advantage of when they were beaten down by life, by those who should have stood by them
- ♥ Judged, neglected, and persecuted while they are struggling
- ♥ Abandoned by those who willingly chose to see them as toxic because it suited their narrative
- ♥ Manipulated by those who bore false witness against them to take what wasn't theirs
- ♥ Gaslit, broken, and their truth erased while they were at their most vulnerable
- ♥ Hated, harassed, and purposefully pressured into giving up on who they are because of others' jealousy
- ♥ Trying to process trauma to speak in a language that isn't being heard
- ♥ Eagerly isolated by loved ones on the advice of others who can't understand them any more
- ♥ Neglected by those whose promises dimmed when things got difficult
- ♥ Treated as outcasts by those who expect their will to be done
- ♥ Mocked for what they do just because it is different and does not fit into any box

Promoting hope and unwrapping the stigma of mental health

For any inquiries, please email us at contact@inkgladiatorspress.com.

Please scan the QR Code below if you would like to follow us

on Instagram @inkgladiatorspress.

Ink Gladiators Press®

Publishing and promoting warriors on life's battlefield

Printed at Repro India Ltd.